Lodovica Cima

MAMÁ, ¿CUÁNDO VAS A VOLVER?

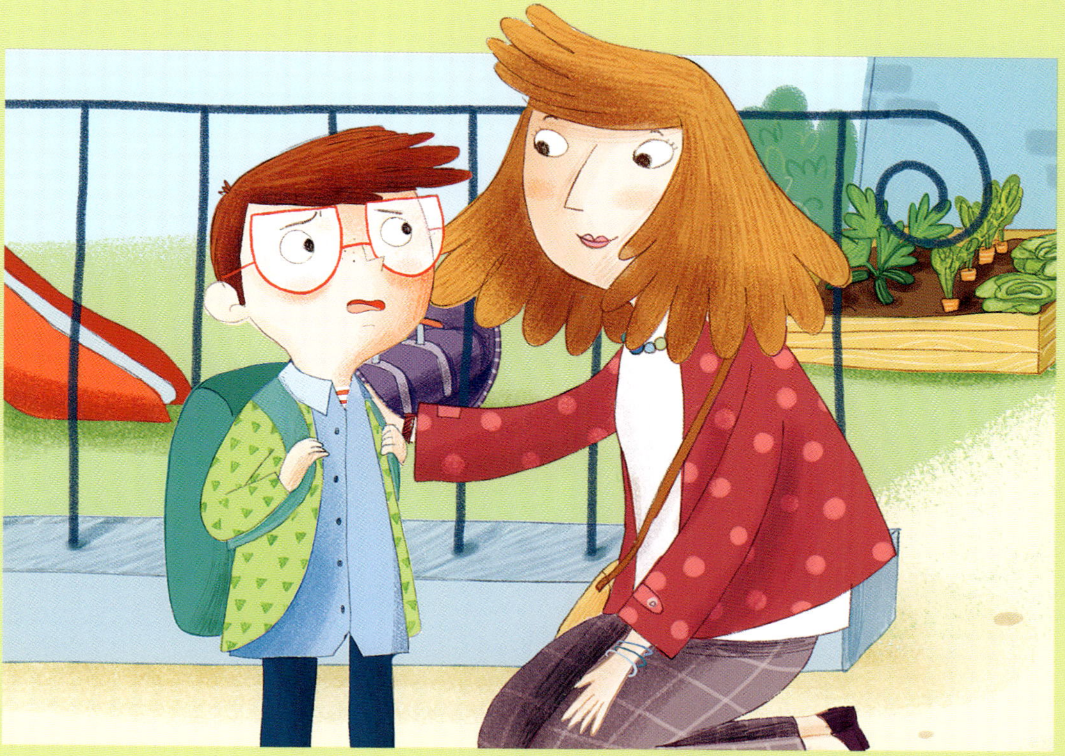

Ilustraciones de Elisa Paganelli

MATEO VA DE CAMINO AL COLE.
POR LA CALLE, SU MAMÁ TIENE QUE TIRAR
DE ÉL PORQUE PRIMERO SE PARA A MIRAR
UN CHARCO, LUEGO UNA ALCANTARILLA Y,
POR ÚLTIMO, EL ESCAPARATE
DE LA PANADERÍA.

A MATEO NO LE HACE MUCHA GRACIA LA IDEA DE SEPARARSE DE MAMÁ. ¿POR QUÉ NO SE PUEDE QUEDAR EN CASA CON ELLA PARA ACURRUCARSE BAJO LAS MANTAS, COCINAR ALBÓNDIGAS Y CONSTRUIR CASTILLOS CON BLOQUES DE COLORES QUE LUEGO DERRIBARÁ?

CON LA BARBILLA TEMBLOROSA,
LE PREGUNTA A SU MADRE:
—MAMÁ, ¿CUÁNDO VAS A VOLVER?
SU MADRE CAMINA Y CAMINA MIENTRAS
LO TRANQUILIZA. NO DEJA DE REPETIRLE
QUE VENDRÁ A RECOGERLO **DESPUÉS**.

PERO MATEO NO ESTÁ CONVENCIDO Y LE PREGUNTA:
—¿CUÁNDO LLEGA **DESPUÉS**, MAMÁ?
¿Y SI YA ESTÁ AQUÍ?
—NO -RESPONDE SU MADRE-, LLEGARÁ
DENTRO DE POCO, CUANDO TÚ Y YO
HAYAMOS HECHO NUESTRAS COSAS.

—TENGO QUE IR AL TRABAJO -LE EXPLICA MAMÁ-, ESCRIBIR UNA CARTA EN EL ORDENADOR, ENTREGARLE UNAS HOJAS A DON BRUNO, MI JEFE, Y HABLAR CON MARÍA... LUEGO, IRÉ CORRIENDO A COMPRARTE UN BOCADILLO PARA LA MERIENDA. MIENTRAS TANTO, TÚ PODRÁS JUGAR, PINTAR, ESTAR CON TUS AMIGOS Y CON LA PROFESORA...

—AY, NO, MAMÁ, A LA PROFE Y A MIS
AMIGOS LOS PUEDO VER OTRO DÍA.
QUIERO QUEDARME CONTIGO AHORA,
NO CUANDO VENGA EL **DESPUÉS**.

POR FIN HAN LLEGADO. SU MADRE SE PARA CERCA
DEL ÁRBOL DELANTE DEL COLE, ABRAZA A MATEO Y
LE FROTA LA NARIZ CONTRA EL MOFLETE BLANDITO:
—VENGA, CACHORRITO, ¿NO TIENES CURIOSIDAD
POR SABER QUIÉN TE ESPERA? ENTREMOS Y VEAMOS
QUÉ VAS A HACER HOY.

MATEO HA NOTADO LO BIEN QUE HUELE
SU MADRE Y NO QUIERE QUE SE VAYA.
ENTONCES, VE APARECER A LA PROFESORA
JULIA EN LA PUERTA. MAMÁ TENÍA RAZÓN:
¡HAY ALGUIEN ESPERÁNDOLO!

MATEO SUBE LOS TRES ESCALONES DE
LA ENTRADA Y SE DIRIGE CON SEGURIDAD
A SU TAQUILLA. AHÍ CERCA ESTÁ ANITA,
SENTADA EN EL SUELO CON LAS ZAPATILLAS
PUESTAS AL REVÉS. ESTÁ ENFADADA
PORQUE NO CONSIGUE ABROCHÁRSELAS
Y SU MADRE NO LE HACE CASO, ESTÁ
HABLANDO POR TELÉFONO.

—HOLA, ANITA, ¿QUÉ HACES? -PREGUNTA
MATEO CON VOZ CANTARINA.
—ESTAS ZAPATILLAS TAN FEAS SE RÍEN
DE MÍ. NO SOY CAPAZ DE ABROCHÁRMELAS.
-LANZA LEJOS UNA DE ELLAS.

LA MAMÁ DE MATEO SE ACERCA.
—¡DEJA QUE TE AYUDE! –DICE, Y
LE REGALA UNA SONRISA ENORME.
UN MOMENTO DESPUÉS, ANITA TIENE PUESTAS
LAS ZAPATILLAS. MATEO SABE PONERSE LAS SUYAS
ÉL SOLO.
—ALE, AHORA ESTÁIS LISTOS PARA IR A JUGAR
–COMENTA SU MADRE.
—VENGA, ¡TODOS A CLASE! –EXCLAMA
LA PROFESORA.

—VALE, PERO ¿CUÁNDO VAS A VOLVER,
MAMÁ? -PREGUNTA MATEO UNA VEZ MÁS.
—VUELVO DESPUÉS, YA TE LO HE DICHO
-RESPONDE ELLA SIN PERDER LA PACIENCIA.
—SÍ, PERO ¿CUÁNDO ES **DESPUÉS**?
-QUIERE SABER MATEO MIENTRAS DA
UNA PATADA AL SUELO.

ENTONCES, MAMÁ SE SIENTA EN UNA SILLA
CHIQUITITA CHIQUITITA EN UN RINCÓN Y TIRA
DE MATEO PARA ACERCARLO TODAVÍA MÁS.
INCLUSO ANITA SE APOYA SOBRE SUS PIERNAS,
COMO UN GATO CURIOSO.

—**DESPUÉS** LLEGARÁ CUANDO HAYAS COMIDO,
CUANDO TE HAYAS TUMBADO EN ESE SITIO
TAN CÓMODO PARA ESCUCHAR UNA HISTORIA
DE ÉSAS TAN BONITAS QUE LUEGO SIEMPRE
ME CUENTAS EN CASA...

ENTONCES, MAMÁ PREGUNTA:
—PROFESORA JULIA, ¿QUÉ HISTORIA
VAS A LEERLES HOY?
—HE ELEGIDO LA HISTORIA DEL TIGRE.
¡ES MUY DIVERTIDA!
—¡VAMOS A LEERLA YA! –EXCLAMA MATEO,
CONTENTO.

—NO, NO -CONTESTA LA PROFE JULIA-. PRIMERO
HAY MUCHAS OTRAS COSAS QUE TENEMOS QUE HACER.
¿NO TE ACUERDAS, MATEO? TIENES QUE TERMINAR
EL MONSTRUITO DE PLASTILINA Y **DESPUÉS**
TODOS IREMOS AL PATIO A JUGAR A UN, DOS, TRES...
¡ESCONDITE INGLÉS!

—**DESPUÉS** ABRIREMOS LAS NUECES
Y LAS AVELLANAS Y **DESPUÉS** IREMOS A COMER.
¡HOY HAY LASAÑA!
—A MÍ ME ENCANTA LA LASAÑA
QUE PREPARA MI ABUELA -EXCLAMA ANITA,
BRINCANDO DE ALEGRÍA.

PERO MATEO NO ESTÁ CONVENCIDO.
—TÚ TAMBIÉN HAS DICHO MUCHOS **DESPUÉS**, PROFE.
SIEMPRE **DESPUÉS**, **DESPUÉS**, **DESPUÉS**... ¡JO!

ENTONCES, LA PROFESORA JULIA HACE UNA SEÑAL A LOS NIÑOS PARA QUE SE ACERQUEN.

—VENGA, VENID A VER LO QUE OS HE PREPARADO: AQUÍ TENÉIS EL HORARIO DE TODOS LOS **DESPUÉS**. CADA **DESPUÉS** ES UNA COSA QUE DEBEMOS HACER DURANTE EL DÍA. AHORA ESTAMOS AQUÍ -EXPLICA LA PROFE, Y SEÑALA LA CASILLA CON UN PEQUEÑO MONSTRUO DE COLORES-. **DESPUÉS** ESTAREMOS AQUÍ, **DESPUÉS** AQUÍ Y **DESPUÉS** AQUÍ. EN ESTE **DESPUÉS** VENDRÁ MAMÁ A RECOGERTE. ¿LO VES, MATEO?

SÍ, MATEO LO VE MUY BIEN, INCLUSO SE SIENTE
UN POCO MEJOR, PERO TODAVÍA NO HA SOLTADO
A SU MAMÁ DE LA MANO.
—YA VERÁS, CACHORRITO, CÓMO ESOS **DESPUÉS**
LLEGAN MUY RÁPIDO Y TE DIVIERTES UN MONTÓN...
-DICE MAMÁ.
LE SUELTA DE LA MANO Y CAMINA HACIA LA SALIDA.

MATEO APRIETA LOS OJOS PARA CONTENER
ESAS LÁGRIMAS TRAVIESAS QUE NO QUIEREN
QUEDARSE EN SU SITIO.

—OYE, MATEO, ¿DE QUÉ COLOR QUIERES
HACER TU MONSTRUO? -LE PREGUNTA ANITA.
—ROJO -CONTESTA.
—EL ROJO YA LO HE ELEGIDO YO
-PROTESTA ELLA.
—¿CÓMO? ENTONCES, ¿DE QUÉ COLOR
LO HAGO YO...?
MIENTRAS MAMÁ SALE DEL AULA, MATEO CORRE
CON LOS OTROS NIÑOS HACIA LOS BOTES
DE PLASTILINA. EL DÍA DE LOS **DESPUÉS**
HA COMENZADO, PASARÁ MUY RÁPIDO
Y MAMÁ NO TARDARÁ EN VOLVER.

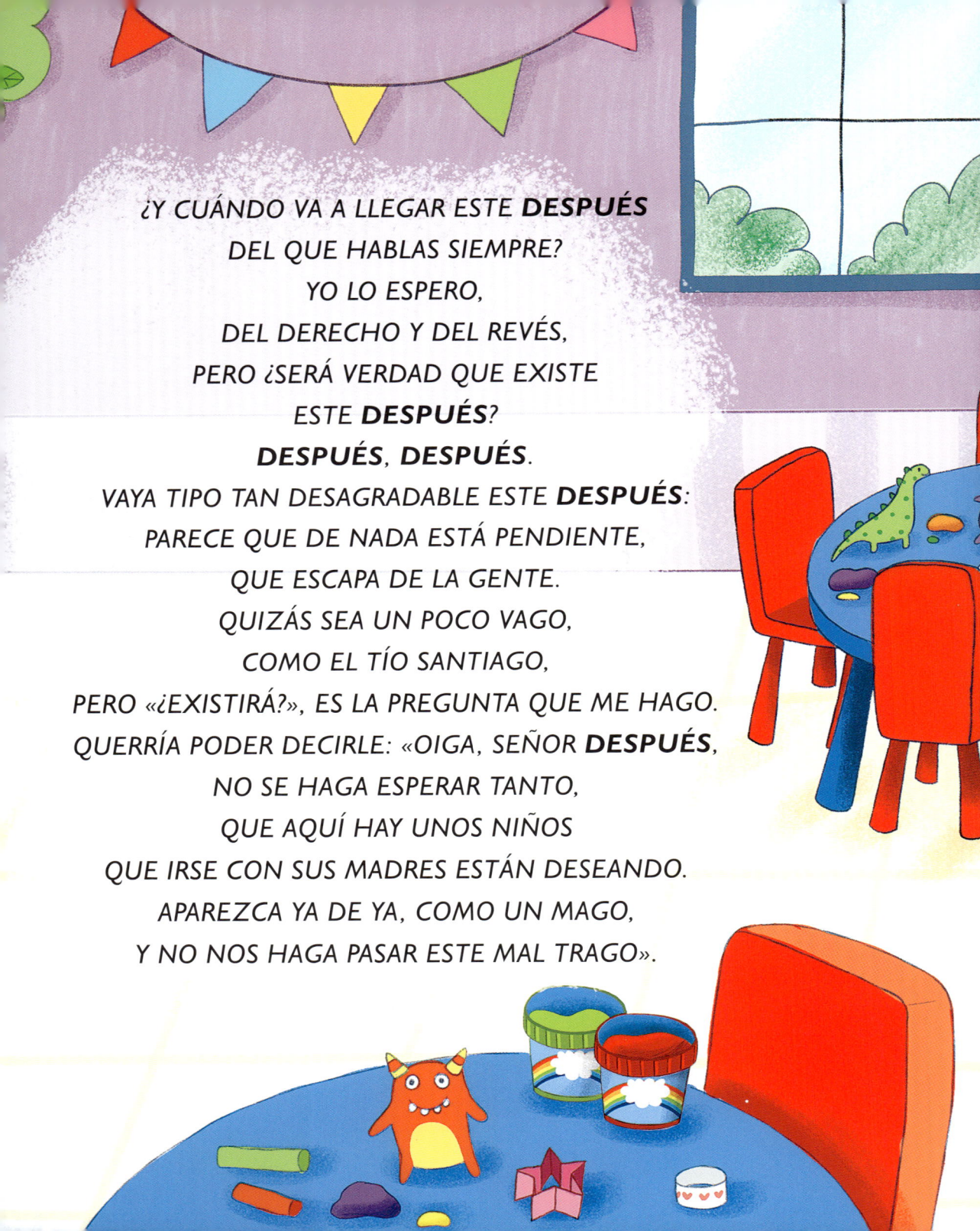

¿Y CUÁNDO VA A LLEGAR ESTE **DESPUÉS**
DEL QUE HABLAS SIEMPRE?
YO LO ESPERO,
DEL DERECHO Y DEL REVÉS,
PERO ¿SERÁ VERDAD QUE EXISTE
ESTE **DESPUÉS**?
DESPUÉS, **DESPUÉS**.
VAYA TIPO TAN DESAGRADABLE ESTE **DESPUÉS**:
PARECE QUE DE NADA ESTÁ PENDIENTE,
QUE ESCAPA DE LA GENTE.
QUIZÁS SEA UN POCO VAGO,
COMO EL TÍO SANTIAGO,
PERO «¿EXISTIRÁ?», ES LA PREGUNTA QUE ME HAGO.
QUERRÍA PODER DECIRLE: «OIGA, SEÑOR **DESPUÉS**,
NO SE HAGA ESPERAR TANTO,
QUE AQUÍ HAY UNOS NIÑOS
QUE IRSE CON SUS MADRES ESTÁN DESEANDO.
APAREZCA YA DE YA, COMO UN MAGO,
Y NO NOS HAGA PASAR ESTE MAL TRAGO».

Lodovica Cima

Nacida en Lecco, vive y trabaja en Milán. Ha escrito cientos de libros para bebés y niños, además de ser asesora editorial para los sellos más importantes de Italia. Imparte cursos para profesores sobre cómo enseñar a leer y es profesora en el máster de Edición de la Università degli Studi di Milano.

Elisa Paganelli

Nacida en Módena, estudió en el IED de Turín, donde se graduó como ilustradora. Desde joven, trabaja como diseñadora gráfica. Durante seis años, desarrolló un proyecto ideado por ella que acabó vendiendo para dedicarse a la carrera de ilustradora y diseñadora creativa. Hoy en día vive y trabaja en el Reino Unido.

Puedes consultar nuestro catálogo en www.picarona.net

Mamá, ¿Cuándo vas a volver?
Texto: *Lodovica Cima*
Ilustraciones: *Elisa Paganelli*

1.ª edición: septiembre de 2024

Título original: *Mamma, Quando Torni?*

Traducción: *Júlia Gumà*
Maquetación: *El Taller del Llibre, S. L.*
Corrección: *Sara Moreno*

© 2016, Mondadori Libri S.p.a., Milán, Italia
Este libro ha sido negociado a través de Ute Körner Lit. Ag., España.
www.uklitag.com
(Reservados todos los derechos)

© 2024, Ediciones Obelisco, S. L.
www.edicionesobelisco.com
(Reservados los derechos para la lengua española)

Edita: Picarona, sello infantil de Ediciones Obelisco, S. L.
Collita, 23-25. Pol. Ind. Molí de la Bastida
08191 Rubí - Barcelona - España
Tel. 93 309 85 25
E-mail: picarona@picarona.net

ISBN: 978-84-9145-757-2
DL B 12.478-2024

Impreso en SAGRAFIC
Passatge Carsí, 6 - 08025, Barcelona

Printed in Spain